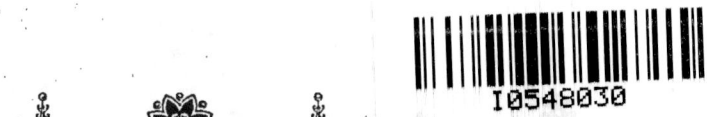
LA SŒUR D'ÉCOLE,

PAR

BONNAIRE-MANSUY,

Membre correspondant de la Société Royale des Sciences, Lettres et Arts de Nancy ; de la Société philomatique de Verdun ; de la Société des Sciences physiques, chimiques et Arts agricoles et industriels de Paris; de l'Institut historique de Paris; des Sociétés d'Agriculture de Bar-le-Duc et de Commercy, etc., etc.

AVEC UNE BELLE LITHOGRAPHIE,

DESSINÉE TOUT EXPRÈS PAR UN HABILE ARTISTE.

Paris,

DEBÉCOURT, LIBRAIRE, | LAGNY FRÈRES, LIBRAIRES,
Rue des Sts-Pères, 69. | Rue Bourbon-le-Château, 1.

NANCY,

CONTY, LIBRAIRE-ÉDITEUR,
A l'angle des rues Saint-Dizier et de la Poissonnerie.

1838.

NANCY. Thomas et Raybois, rue Saint-Dizier.

LA SŒUR D'ÉCOLE,

PAR

BONNAIRE-MANSUY,

Membre correspondant de la Société Royale des Sciences, Lettres et Arts de Nancy; de la Société philomatique de Verdun; de la Société des Sciences physiques, chimiques et Arts agricoles et industriels de Paris; de l'Institut historique de Paris; des Sociétés d'Agriculture de Bar-le-Duc et de Commercy, etc., etc.

AVEC UNE BELLE LITHOGRAPHIE,

DESSINÉE TOUT EXPRÈS PAR UN HABILE ARTISTE.

Paris,

DEBÉCOURT, LIBRAIRE,
Rue des Sts-Pères, 69.

LAGNY FRÈRES, LIBRAIRES,
Rue Bourbon-le-Château, 1.

NANCY,

CONTY, LIBRAIRE-ÉDITEUR,
A l'angle des rues Saint-Dizier et de la Poissonnerie.

1838.

NANCY, IMPRIMERIE DE THOMAS ET Cie,
Rue Saint-Dizier, 127.

AVIS DE L'ÉDITEUR.

Le titre modeste que l'auteur a mis en tête de son opuscule, en révèle à la fois et le but et la destination.

A la marche solennelle de l'*alexandrin*, il a préféré l'allure plus simple du vers *de huit pieds*, et, aux pompes d'un style ambitieux, les couleurs vraies et naturelles d'une intéressante narration.

Il a voulu que sa composition fût, non pas un prisme menteur, mais un miroir fidèle, où l'humble fille de Jésus–Christ pût se reconnaître sans orgueil et se contempler sans rougir.

La *Sœur d'Ecole* aimera donc à reposer ses regards sur cette pièce de vers, qui, tout en célébrant son dévouement généreux, lui rappelle aussi ses devoirs de tous les jours. — La *mère de famille* y relira avec bonheur les bienfaits de la vierge chrétienne, qui, dans l'ordre moral, partage avec elle les douceurs de la maternité; et les *jeunes filles* de nos cités et de nos campagnes, ravies de recevoir, en récompense de leur sagesse et de leur application, ce précieux souvenir, se feront une joie de l'apprendre par cœur, et une fête de le réciter, près du foyer domestique, au milieu de leurs frères, de leurs sœurs et de leurs parents réunis.

Dessiné par Lewicki.   Nancy Lith. Raimond, rue des Carmes 11

La Sœur d'École.

 UELLE est donc cette vierge austère,
A l'œil sage, au maintien sévère ;
Ange de paix et de candeur,
Que l'on nomme *Ma chère Sœur* ?

Est–ce une jeune infortunée
Qu'une cruelle destinée
Contraint à plier ses talents
A l'instruction des enfants ?

— Cette pupille de Marie ,.
Dont l'aspect seul nous édifie,

A quitté le toit paternel
Pour le culte de l'Eternel.
Ni les instances de sa mère,
Ni les reproches de son père,
Ni les discours de leurs amis,
Ne l'ont point fait changer d'avis.
« Laissez-moi partir, leur dit-elle,
Pour le couvent où Dieu m'appelle ;
J'appartiens à Dieu plus qu'à vous :
Ah, n'excitons pas son courroux !
Confiez-vous en sa Sagesse ;
Il bénira votre vieillesse,
Si, soumis à sa volonté,
Vous espérez en sa bonté. »

Elle part. Des jeunes novices
Partageant les saints exercices,
Elle apprend qu'il faut, sans gémir,
Travailler, se taire, obéir.

Trois mois d'une pénible absence
Ont exercé sa patience :
C'est son cœur qu'elle a combattu
Pour le soumettre à la vertu.
Renonçant aux parures vaines
Comme aux habitudes mondaines,

Quittant les bijoux, les rubans,
Les schals et chapeaux élégants,
Et mille autres atours funestes,
Elle prend des habits modestes.

La prière éteint ses désirs;
L'étude absorbe ses loisirs.
Pour son âme innocente et neuve
Tous les jours sont des jours d'épreuve.
Elle veut se soumettre à tout;
Ne point se guider sur son goût,
Et se rendre le ciel propice
En consommant un sacrifice,
Le plus grand, le plus douloureux
Que consente un cœur généreux :
C'est de renoncer à soi-même;
C'est de vouer à l'anathème
L'amour-propre et le vain orgueil;
C'est d'éviter le moindre écueil
Pour la charité bienveillante
D'une âme toujours indulgente.

Il faut régénérer son cœur;
Renaître à la croix du Sauveur;
Vivre d'une nouvelle vie
Que chaque action sanctifie;
Observer, dans ce saint état,
Les lois d'un chaste célibat;

Quitter ses noms et son costume,
Comme au couvent c'est la coutume;
Prononcer, au pied des autels,
Des vœux sacrés et solennels,
Et pratiquer l'obéissance
Avec respect et déférence.

Le temps en elle a tout changé:
Son caractère est corrigé;
Son habit noir, ample et commode,
Affranchi du joug de la mode,
Emblême de stabilité,
N'en a que plus de dignité;
Sa simple et fraîche collerette,
Son bandeau, sa blanche cornette,
Invariables désormais,
Sont uniformes pour jamais.
Ce n'est plus cette demoiselle
Qu'une futile bagatelle
Occupait sérieusement
Pour charmer son désœuvrement.
C'est une fille merveilleuse,
Instruite autant que courageuse,
Et qui, se dévouant au bien,
Fait son devoir et ne craint rien.

Elle attend que le ciel ordonne
Et dispose de sa personne.

Enfin arrive le moment
D'effectuer son changement.
Ses supérieurs, dont la prudence
Est sa seconde providence,
Lui donnent des instructions
Pour bien remplir ses fonctions.

A partir elle se résigne
Pour le pays qu'on lui désigne.
Leur digne Mère lui prescrit
Le Réglement....., puis, la bénit.

Au voyage elle se prépare,
Des Sœurs du couvent se sépare
Et va, loin de son lieu natal,
Occuper un poste rural.
— Que les Anges soient son cortége !
Que le Tout-Puissant la protége !
Que de jour en jour ses succès
Marchent de progrès en progrès !.....
— Honneur, parents, à votre fille !
Acquise à la grande famille,
De tout un peuple elle est la Sœur.....
Soyez heureux de son bonheur !

Elle arrive au lointain village,
Où du Pasteur le patronage,

La bienveillance et la bonté
Accueillent sa timidité;
Puis, l'autorité bénévole
L'installe à la *Maison d'Ecole*.

Les épouses des habitants
Amènent leurs jeunes enfants,
Objets d'espérances si chères
Au bon cœur de ces tendres mères,
Pour recevoir l'instruction
Conforme à leur condition.
Elles apprendront à bien lire,
A bien parler, à bien écrire,
Et tout ce que doivent savoir
Des élèves de bon vouloir.
Les dogmes du christianisme,
Expliqués par le catéchisme,
Leur prouveront que dans le Ciel
Est le seul bien essentiel;
Que les richesses de la terre
Ne sont que mensonge et poussière;
Que l'innocence est un trésor;
Que la vertu vaut mieux que l'or;
Qu'enfin la bonne conscience
Est préférable à la science.
— Ces braves femmes, de grand cœur,
Désiraient une *chère Sœur;*

En voyant combler leur attente,
Chacune d'elles est contente,
Et, par de champêtres présents,
Manifeste ses sentiments.
« Avec l'aide de Dieu, j'espère
M'acquitter de mon ministère,
Dit *la Sœur ;* prions-le toujours
Qu'il nous accorde son secours.
Si ces bons enfants sont dociles,
Sur leurs progrès soyez tranquilles ;
Nous avons même volonté,
Secondez mon autorité. »

Sous des auspices honorables,
A tous les succès favorables,
L'Ecole, enfin, vient de s'ouvrir.
Tous au bien veulent concourir ;
Une touchante sympathie
Cimente une heureuse harmonie :
La nouvelle institution
Prospère au sein de l'union.

Dix ans de travaux et de zèle
Dans cette paroisse fidèle,
De *la Sœur* prouvent les talents,
Ses vertus, les soins vigilants.

Pour sa conduite circonspecte
Chacun l'honore et la respecte.
Aux grands, aux petits, en retour,
Elle rend justice à son tour.
Ces témoignages réciproques
Ne sont en nul point équivoques.

Tout marchait d'accord; mais, hélas !
Rien n'est immuable ici-bas :
L'ordre transmis par une lettre
A *la Sœur*, qui doit s'y soumettre,
L'informe de son changement,
Irrévocable arrangement. . . . .

Grande rumeur dans la commune. . . . .
C'est une publique infortune ;
Le peuple, prompt à s'alarmer,
Dit qu'il faut vite réclamer.
A cet événement pénible
Nul ne saurait être insensible ;
Et les notables de l'endroit
Espèrent qu'on leur fera droit.
« Avez-vous des sujets de plaintes ?
Ma Sœur, exposez-les sans craintes,
Disent-ils : que désirez-vous
Pour rester au milieu de nous ?
On fera, pour vous satisfaire,
Ce qu'il est possible de faire. »

« Etant heureuse dans mon sort,
De me plaindre j'aurais grand tort,
Répond-elle ; j'étais ravie
De passer en ces lieux ma vie. . . . .
J'ai choisi ce modeste état,
Pour vivre pauvre et sans éclat.
De vos bontés je suis touchée. . . . .
A vos chers enfants attachée,
Il me coûte de les quitter !
Mais je ne dois pas résister.
Croyez bien que l'ingratitude
Ne fut jamais mon habitude.
Vous vivrez dans mon souvenir ;
Je prierai Dieu de vous bénir.
Un départ si subit m'afflige ! . . . .
Mais, hélas ! la Maison l'exige.
Ses ordres sont impératifs ;
Nos supérieurs ont leurs motifs.
C'est pour un plus grand bien , sans doute,
Qu'il faut que je me mette en route. »

Tel Isaac sur le bûcher
Se couche et se laisse attacher. . . . .
Tel, dans le jardin des Olives,
En butte aux douleurs les plus vives,
Jadis, notre divin Sauveur
Souffrit tous les tourments du cœur. . . . .

Se plaignit, dans son sacrifice,
De l'amertume du calice;
Mais à son père, obéissant,
Immola ce cœur innocent. . . . .

Telle on vit *la Sœur* affligée,
Par mille chagrins assiégée,
Abandonner à Jésus-Christ
Son cœur, son âme et son esprit. . . . ;
Quitter ses chères écolières,
Ses amitiés particulières;
Se dévouer à son devoir,
Et mettre en Dieu seul son espoir.
« Seigneur, dit-elle, ô notre Père !
Vous occupez toute la terre :
Puis-je me déplaire en un lieu
Qu'habite sans cesse mon Dieu ?
L'âme qui vous craint et vous aime
Ne doit rechercher que vous-même.
Ce n'est point au simple soldat
A choisir le champ du combat.
Qu'importe pour lui la province
Où son bras doit servir le prince ?
Il est toujours, prompt et loyal,
Aux ordres de son général.
Seigneur, je vous serai soumise
Dans l'endroit où vous m'aurez mise ;

A vous je veux appartenir :
Mon Dieu, daignez me soutenir ! »

Forte par son humble prière,
Poursuivant sa noble carrière,
Des jeunes enfants qu'elle instruit
Elle orne le cœur et l'esprit.
Par ses bons soins la fille sage
Deviendra femme de ménage,
Et sera digne d'un époux
D'un caractère affable et doux.
Sous ses auspices tutélaires
Et par ses leçons salutaires,
L'enfant sera religieux,
Econome et laborieux ;
Il respectera la vieillesse ;
Toujours fidèle à sa promesse,
Sera de ses égaux aimé,
Et des gens d'honneur estimé.
De *la Sœur* les soins et les veilles
Auront préparé ces merveilles.

Mais quand, pour la récompenser,
Le Seigneur voudra l'exaucer ;
Que, pour couronner sa victoire,
Il l'appellera dans la gloire ;

Sa foi vive, sa sainte ardeur,
Ses élans vers le Créateur,
Témoigneront que sa belle âme
Brûlait d'une céleste flamme.
Alors le peuple consterné,
Près de ses restes prosterné,
A Dieu demandera pour elle
La béatitude éternelle.
Le Prêtre, partageant ce deuil,
Attendri sur ce froid cercueil,
Consacrera par sa parole
Les bienfaits de la *Sœur d'Ecole* :
Adorant les divins décrets,
De l'objet de tant de regrets
Il exaltera, dans le Temple,
La Foi, les Vertus et l'Exemple. . . . .
— Ah ! puisse-t-on les méditer,
Les comprendre et les imiter ! ! !

EXTRAIT DU CATALOGUE DE LA LIBRAIRIE DE GONTY,

A NANCY.

———⋙◆⋘———

A M. DE LAMENNAIS, DEUX ÉPITRES : POLITIQUE ET RELIGION, par M. D. CARRIÈRE. Jolie brochure en vers, imprimée avec luxe, sur grand papier vélin, satiné. In-8, prix net : 1 fr.

DIEU ET LA PATRIE, poésies lyriques, tirées de l'Histoire de France; par M. RIANT, Prêtre des Vosges. Joli volume in-12, couverture imprimée. Prix : 1 fr. 50 c.

LA LYRE DU LÉVITE, poésies lyriques tirées de la Sainte-Bible, par *le même*. In-12, prix : 2 fr.

LA THÉORIE DE L'AME, ou Classement complet des facultés de l'esprit; par M. J.-C. DOCTEUR, Membre de l'Académie de Nancy. In-8, prix net : 3 fr.

NANCY; HISTOIRE ET TABLEAU, par M. P. GUERRIER DE DUMAST. Jolie brochure de luxe, grand in-8, avec une belle couverture imprimée. Prix : 1 fr. 50 c.

BIOGRAPHIE HISTORIQUE ET GÉNÉALOGIQUE des hommes marquants de la Lorraine; par M. MICHEL. Gros volume in-12 avec couverture imprimée; net : 2 fr. 25 c.
Le même, avec gravure, 2 fr. 50 c.

HISTOIRE DE LA GUERRE DE LORRAINE ET DU SIÈGE DE NANCY, par M. HUGUENIN *jeune*. Beau vol in-8, avec figures et carte, prix : 5 fr.

RELATION DU SIÈGE DE METZ EN 1444, par MM. DE SAULCY et HUGUENIN *aîné*. Beau volume grand in-8, orné de cartes et plans. Prix net : 7 fr.